T0058620

Sapos

Lada Josefa Kratky

NATIONAL GEOGRAPHIC LEARNING | CENGAGE Learning®

¿Ese es un sapo?

Sí, ese es un sapo.

¿Ese es un sapo?

Sí, ese es un sapo.

¿Ese es un sapo?

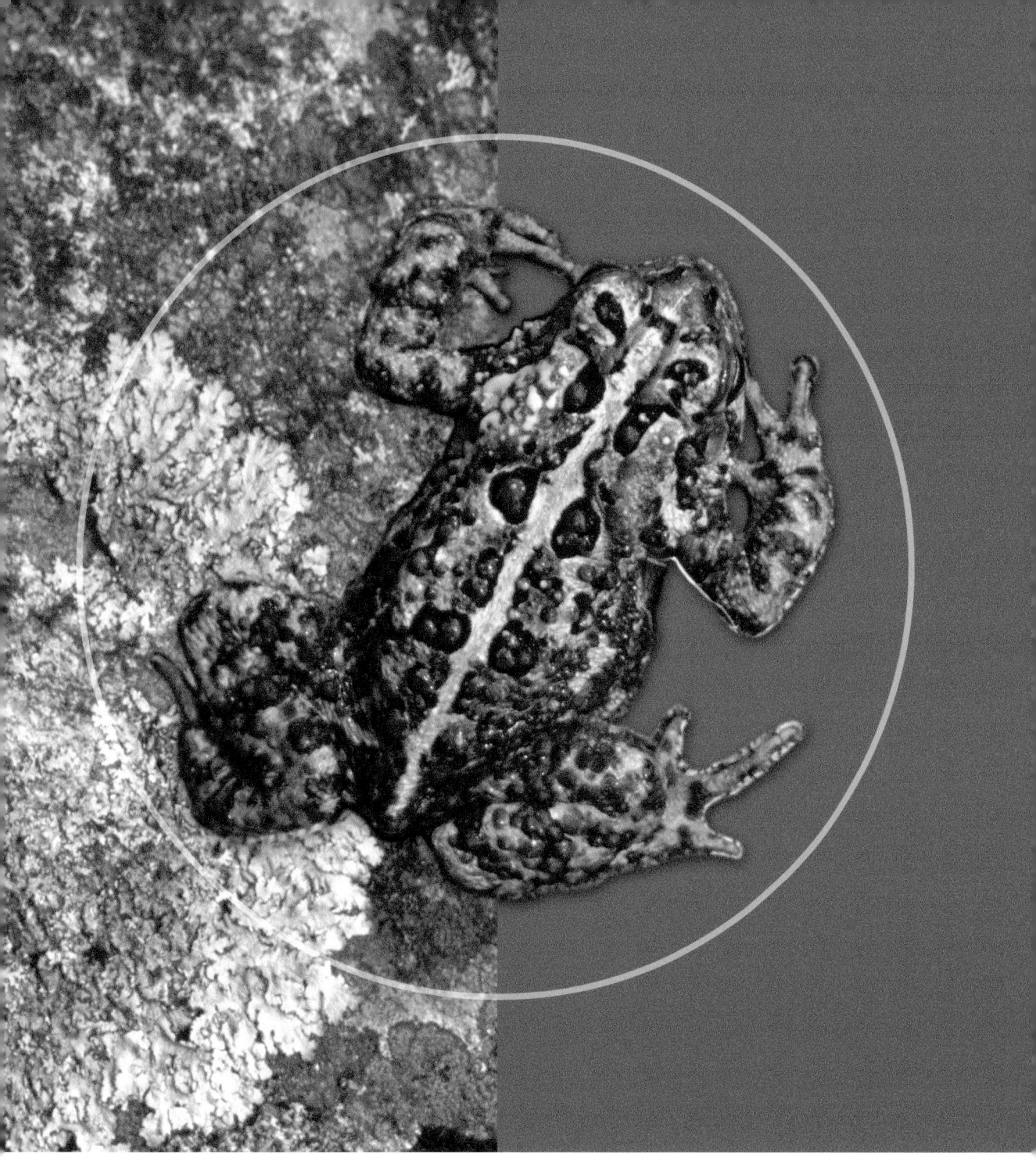

Sí, ese es un sapo.

¡Sapos, sapos,

sí, más sapos!